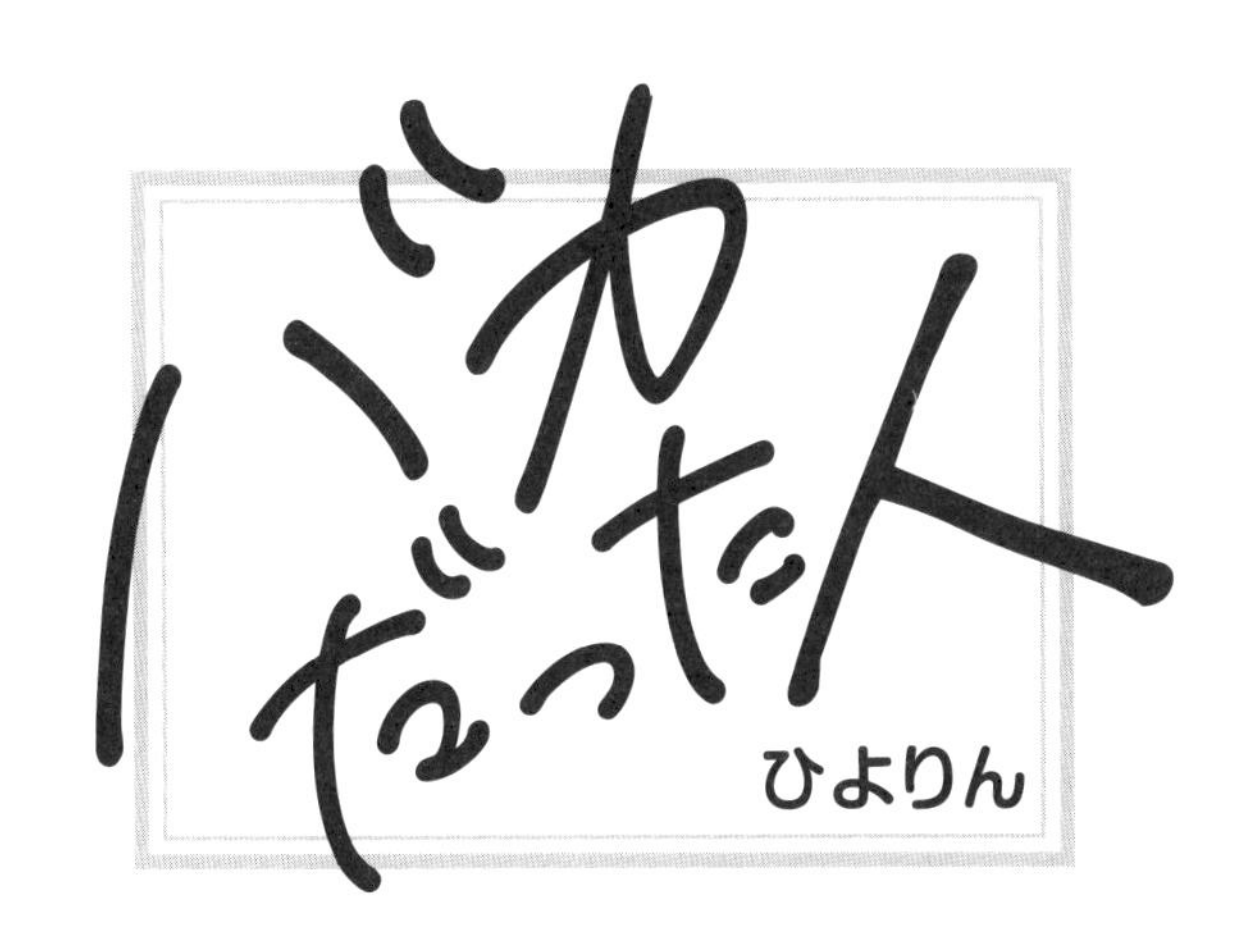

文芸社

バカだった人

目次

1日目　告白

「龍菜ってモテるよね〜」「勉強もできて羨ましいな」「ちょっと才能を分けてよ〜ん！」

十二龍菜を挟んで、仲良し４人組が学校から帰っている途中、龍菜以外の３人が言った。

「なんでそんなモテるの？」

３人の中の１人、友理奈が言った。

「なんか秘けつがあるんでしょう？」

もう1人のトモミが言った。

「ランニングとか、筋トレとか？」

あと1人の鈴美（すずみ）が言った。

「そ、そんなのしてないよぉ……。」龍菜は下を向いて顔を赤くしている。

「秘けつとかさぁ……、ないよ？　ただなんか理由わかんないけどなんとなくモテてるって感じだよ」

龍菜は苦笑いしながら言った。3人は龍菜を見て、「ウッソだぁ～」と、にらんでいる。

そうして、4人は仲良く家に帰った。

龍菜は自分の部屋で宿題をしながら、ず～っとひとり言を言っていた。

「はぁ～、明日の体育の跳（と）び箱、嫌（いや）だなぁ。確か国語のテストもあったよね？　全然勉強してないよ……」

龍菜の言う通り、明日は体育で跳び箱をやる。3段～6段ならとべるが、今回は10段～15段をやるという話を聞いているので、龍菜はとても心配だった。もし失敗して、ケガでもしてしまったら……。そういうことを思い浮かべると、鳥肌が立つ。

さらに問題なのは国語のテストだ。小学生ならテスト勉強をせずに0点をとってもテスト用紙に点数が書かれるだけでよかったが、中学生になった今は違う。中学生は学年全体で何番目なのか、順位をつけられる。龍菜のクラス2年4組は9月だというのに、まだ全クラスで10位以内に入った人はおらず、そのことで担任の先生がいつも激怒している。先生に雷を落とされないためには、10位以内に入らなければならない。が、龍菜は少しもテスト勉強をしていないので、今回もきっと10位以内には入らないだろう。

龍菜は優等生で成績はいいが、国語だけは苦手なのだ。

次の日。龍菜が学校へ行くと、いつものように夜空照星がふざけて笑っていた。

照星というのは、おバカキャラとして知られている男子。いつもバカなことをしていて、クラスではお笑い係としてみんなを笑わせていた。

龍菜は、照星にそんなに興味はなかった。照星がおどけてみんなを笑わせてもあまり笑っていないし、バカなことをしているのを見ても無視していた。

そしてまずは1時間目。国語のテストだ。龍菜は配られたプリントを見た。

……何だこれは。わかる人、いるの？　勉強をしていない龍菜は思わずクスッと笑ってしまった。

結局、そのテストは、龍菜は1問もわからず、書いたのは名前だけとなった。龍菜は0点確定。そう思うと、龍菜はズーンとテンションが下がった。

2時間目、休み時間と続き、3時間目はいよいよ体育。龍菜は着替(きが)えて、体育館へ向かった。

準備が終わり、先生の話だ。それから跳び箱が始まる。

ピーッ！　笛が鳴り、次々にクラスメイトがとび始めた。そのほとんどが、スルッととべていた。そして、龍菜の番がやってきた。立ちはだかる12段。助走をつけて……踏み切りっ！　……と、そこまではいったが、跳び箱に乗ることもできない。龍菜は走って列に戻(もど)った。

「大丈夫だよ、龍菜。私もとべないから」

トモミが龍菜を励ましてくれた。

その日の放課後、龍菜がいつもの4人で一緒に帰ろうとすると、照星が龍菜を呼んだ。龍菜はその日は特に何も用事はなかったので、照星のところに行くと、照星は照れ笑いしながらこう言った。

「すっげえはずかしいんだけど……俺さ、龍菜のことが好きで、いっつも笑わせようと必死にバカなことやってきたんだよ。でも、あんまりこっちを振り向いてくれなくて。全然楽しんでくれないから、どうすればいいかなって、昨日考えて、これしかないと思ったのが、『告白する』っていうことなんだよ。だから、龍菜、俺と付き合ってくれ」

そして手を龍菜の方に差し出した。突然のことに龍菜はあっけにとられていた。

自分がまさか照星に告白されるとは思っていなかったからだ。龍菜はなんだか断りづらくて、少し考えたあと、照星の手を掴んで言った。

「わかった。いいよ。付き合う」

照星は顔を上げると、満面の笑みで言った。

「ありがとう！　でも、ホントは俺のこと、好きじゃ、ないん、だよな？　なら、付き合う時間はちょっとでいい。だから、その代わり、周りの人に言わないでくれるか？」

龍菜はコクリとうなずくと、走って家に帰って行った。

家に着いて、自分の部屋に入ると、机の横にカバンをかけた。

そして、紙に、ペンでこう書いた。

「○年○月○日。バカな照星とちょっぴり付き合います」

そして、左下にハートを持っていて羽が生えた謎の女の子を描き入れ、クスッと笑うと、龍菜はその紙を『未来ボックス』と書かれた箱に入れ、1階に下り、お菓子を食べ始めた。

2日目
事件のはじまり

次の日、龍菜は起きて学校の準備をしていると、押(お)し入れから声が聞こえた。

「おーい。ここから出してくれへん？　おーい」

龍菜はドキッとした。押し入れに人がいるわけがない。

「へっ!?　だっ、誰!?」

龍菜はびっくりして、持っていた教科書を落とした。

「ええから早く〜」

押し入れの中の人物は言う。

「ずっと声出してて。今出すから」

そう言って、龍菜は押し入れを開けた。どうやらその声は未来ボックスから聞こえるようだ。

もしかして……。そう思い、龍菜は昨日の紙を取り出した。

やっぱり。声を出しているのは昨日紙に落書きで描いた女の子だった。龍菜が紙を手に持つと、その女の子はアハハと笑いながら手を振ってきた。

「おおきに。なんか、あんたがいたらここから出られそう、ヨッコラショっとぉ……」

そう言って、その龍菜の手のひらに乗るくらい小さくて羽のついた女の子は、紙から出てきて、立体になった。持っていたハートだけが紙に残っている。

龍菜は驚(おどろ)いて、眉間(みけん)にしわを寄せて言った。

「なんで絵に描いたただの女の子なのに動いてるの……？　しかもなんで関西弁……」

だけど、その女の子はぜんっぜん気にしていない。紙から出られてうれしいのか、部屋を走り回って、ニコニコ笑っていた。すると、女の子は何かを思い出したらしく、龍菜の方に戻って言った。

「なぁ、なんでうちって、この紙から出てこられたん？　不思議なんやけど」

「それはこっちのセリフだし」

龍菜はため息をついて言う。

「あ、あと、うちに名前つけてくれへん？　名前ないから、あんたとか、お前とか、言われたら嫌やねん」

「え〜っ」

女の子は頬を膨らませながら言った。

「え〜って、あんたがうちのこと描いたんやろ？　せやから、あんたが名前はつけて」

女の子の言うことはもっともだ。龍菜は適当に考え、言った。

「じゃあ、ハート持ってる女の子だから、『ハーコちゃん』でどう？」

ハーコはニコニコしながら言った。

「ハーコね。それ、めっちゃいいやん！　ありがと！　なんかあったらなんでも相談してや！」

龍菜は納得した様子で言った。

「じゃあ、ハーコちゃん。私ね、男の人と付き合うことになったから、もし、恋のことで困ったら、相談してもいい？」

「もちろん！　いくらでも相談せい！」

ハーコはウインクをして言う。龍菜も、「ふふっ」と笑って、ハーコのことを見た。

「ところで、めっちゃ話変わるんやけど、さっきまでうちが入ってた箱ってなんなん？　確か……『未来ボックス』って書いてあったような……」

龍菜は「あっ」と声をあげた。

誰にも言わずに秘密にしようと思っていたが、バレてしまったのなら仕方がない。

しかも、ハーコは絶対に、秘密と言ったらずーっと聞いてくるに違いないだろう。

龍菜はため息をつくと、苦笑いしながら言った。

「私にはね、未来(みらい)っていう親友がいるの。東京に住んでた頃はいっつも一緒に遊んでて、クラスでは一番の仲良しだった。みんなには言いたくない秘密があっても、未来だけにはその秘密を教えてた。

でも、私が神奈川に引っ越して、離ればなれになってしまったの。そこで私はこの「未来ボックス」を考えついたの。20年後に未来に会いにいって、この箱の中身を渡す。そうすれば、この20年間、何をして過ごしてたのかとかがわかるでしょ……って、ハーコ、ちゃん？」

気がついたら、ハーコはグスグスと泣いてハンカチで涙を拭いていた。

「ううっ……。悲しいお話やな。20年後に、未来ちゃんにちゃんと渡せるといいなぁ……」

「そんなに感動したの？」

龍菜は驚いて聞いた。元気いっぱいの女の子に見えるが、涙もろいなんて意外だなと思い、少し感心したからだ。

しばらくしてようやく泣き止むと、ハーコはすぐに動き出した。

「うちが入ってた紙は……っと。うん？　なんだこれ？　バカとちょっぴり付き合い……」

「ダメ～！！！」

龍菜は顔を赤くしてハーコから紙を取りあげた。昨日は勢いで書いてしまったけれど、こんなこと知られたら照星は怒るだろう。

「バカって誰なん？　付き合いますって見えたんやけど……」

えっ……。龍菜は呆然としてハーコを見つめている。そして頭を抱えると、こう言った。

「秘密にしてくれる？　絶対に誰にも言わないでね。絶対に」

ハーコはウインクをして手でグッドのサインをした。

けど……龍菜は少し心配だった。ハーコが本当に秘密を守ってくれるのだろうか。

そう思いながら龍菜は時計を見た。

まずい。完全に遅刻だ。龍菜は慌ててパンを口に突っ込んで、ハーコが外に出ないように自分の部屋の窓とドアに鍵をかけると、玄関に走って下りた。

「えぇっ、ちょっと、おい!?」

2階からハーコの声が聞こえた。

「全くもう……こっちはいそいでるんだからっ」

龍菜は心の声が漏れながらも、走って学校に向かった。

着いた。学校だ。階段をスタスタと上って、教室がある3階に着き、2年4組の前に来た。

そーっと教室のドアを開けて、覗き込む。もうすでに、1時間目の数学が始まっていた。

数学の先生は怖い。だから、数学の時間になると、みんなは借りてきた猫のように大人しくなる。あの照星もそうだ。

先生が問題を出した。何人かが手をあげる。先生が誰を当てようかと迷った瞬間、龍菜はドアをガラっ！　と開けて、スパッとお辞儀をした。

「ごめんなさいっ！！！　遅刻しましたっ！！！」

龍菜は先生が何かを言うまでお辞儀をしていた。10秒くらいはお辞儀ポーズで止まっていた龍菜だったが、しばらくしてからみんなのざわめきが聞こえた。

「龍菜が遅刻？」「珍しいね」「なんで遅刻したんだろう」「あの優等生が？」

龍菜は顔が真っ赤になりながらも、ずっとお辞儀をし続けた。

――と、その時。

「こらぁぁぁぁぁ！！！！」

先生の声が聞こえた。みんなその声で、急にシーンと静かになった。

龍菜は、ひとつ疑問があった。それは、『先生はどちらに向けて声を上げたのか』だ。

ひとつは、龍菜が遅刻をしたことを怒って声を上げた。

もうひとつは、みんながうるさくて声を上げた。

先生がどっちに怒っているか、龍菜にはわからなかった。

そんなことを考えていると、また先生が声を上げた。

「ざわざわざわざわざわざわ、うるっさいわぁぁぁぁ！！！！！」

「あ、そっちなんだ」

龍菜はまた心の声が漏れてしまった。焦って口を手でふさぐと、先生が龍菜の頭をなでながら言った。

「偉いなぁ、君は。ちゃんとお辞儀して、謝れて。今までに、君みたいな偉い子はいなかったよ。さぁ、席に座りなさい」

龍菜は驚いて、先生にお辞儀をして言った。

「申し訳ありませんでしたっ！」

先生は優しい目で龍菜を見つめてから、黒板の方に戻って行った。


休み時間。いつもの仲良し4人で龍菜の机に集まって話していた。

1人は友理奈。しっかり者で、いつも信頼されている。

もう1人はトモミ。見た目が可愛くて、多くの男子にモテている。

あと1人は鈴美。鈴美はとってても元気で、ちょっとドジなところもあって、面白い。かなりのクラスの人気者だ。

「今日、なんで龍菜遅刻しちゃったの？」

鈴美が聞いた。

「寝坊？　それとも、準備遅すぎ？」

トモミが聞いた。

「どうして？」

友理奈も聞いた。

どれも不正解だ。なんと言えばいいかわからない。しかも、これは言ってはいけない気がするので、龍菜は人差し指を立てて言った。

「ヒ・ミ・ツ！」

「え〜！」

3人が同時に言った。

「教えてよー」「みんなに言わないからー！」「4人の秘密でー」

するると、少し前の席で本を読んでいた髪の長い女の子が本を置いてこっちに来た。

「私のこと、呼びましたか？」

4人はその子を見て、フリーズした。

その子は大人しい女の子、名前は奥山ヒミツ。4人で話している時に、『ヒミツ』と何度か言ったので、自分の名を呼ばれたと思ったのだろう。

……いや、違う。

ヒミツはただカッコつけているだけ。呼ばれたなんて1ミリも思っていない。

ヒミツはトモミに憧れている。男の子にモテて、顔が可愛いからだ。自分もモテたい、なんて思っているが、男子はみんな、ヒミツに興味ゼロ。だか

らヒミツは、自分からまわりにアピールしているのだ。

「い、いや、呼んでないよ、ヒミツちゃん」

龍菜は苦笑いして言った。


そう、女子にも、ヒミツに興味がある子はあまりいなかった。ヒミツはひとりで本を読み続け、やることはちゃんとやる、まともな女の子。

龍菜もそんなにヒミツには興味がなかった。でも、龍菜はヒミツが最近気になっていた。以前は大人しい子だったけれど、ここ数日は変なのだ。

「じゃあね、ヒミツ。私たち、図書室行くから」

友理奈が3人を連れて行こうとした時、ヒミツがぽつりとつぶやいた。

「**付き合っているんでしょう？**」

龍菜の心臓がドキッと鳴った。で、でも、自分に言っているんじゃないかもしれない。そう思って、龍菜は小走りで3人のところに急いだ。

そしてヒミツはさらに言葉を続ける。

「龍菜さん」

龍菜の足が止まった。

どうしてそのことを？　怖い。早く図書室に行きたい。

そう思って、龍菜は図書室に走ろうとした。

その時、ヒミツが龍菜の腕（うで）を掴んだ。

「全部知ってますよ？　龍菜さんが照星君に告白されて、少しの間付き合うことになったってこと。それにこっそり見てましたから。紙に、『バカとちょっぴり付き合います』って書いたこと、それから……、その紙に書いた女の子が動き出したってこと。私の家の2階からよーく見てましたよ」

「いやぁっ!!」

龍菜は手を振り払い、図書室に走った。ヒミツは、追いかけては来なかったが、龍菜の方を見て、ニヤリと笑っていた。

ハァ、ハァ、ハァ……。図書室には行かなくていいや。龍菜は廊下の壁で休憩した。

ストーカーだ。クラスにストーカーがいる。自分をストーキングしている。どうしよう。先生か？　校長室か？　お母さんか？　いや、交番……うん、警察……。いや、こんな時は……そう思った龍菜はスマホを出した。電話しよう、照星に。

というのも、龍菜は戸惑いながらも直感的にこう感じたのだ。ヒミツは私のストーカーではなく、照星に片思いをしていて、その照星と付き合うことになった自分に嫉妬（しっと）しているんじゃないかと――。

こんな時は、警察などではなく、まずは知り合いなど身近な人に電話するのがいいだろう。

そうして、龍菜はスマホを耳に当てた。

プルルルルッ、プルルルルルッ……

「おお、龍菜。どうした？」

よかった。出てくれた。

「あ、あのね、ヒ、ヒミツちゃんがね……」

そう言って、龍菜は照星に事情を説明した。

「なるほど。それなら、龍菜。ヒミツに、ヒミツは俺のことが好きなのかって、確認しといてくれるか？」

えっ……それは無理かも……。相変わらずの照星の調子に、龍菜は戸惑った。

やっぱり照星って、バカだ……。

さっきのヒミツの顔を思い出すだけで鳥肌が立つ。あんな危険人物と話すなんてことは、もうできない。

「そ、それはちょっと怖いかも……」

龍菜は眉をひそめて言った。

「そうか。なら、俺が確認してやる。確認が取れるまで、待っててくれ」

照星はそう言って、電話をプツリと切った。よかった……ヒミツと話さなくて済む。でも、まだ怖い。自分の知らないところで、ヒミツにずっと見られてきた。監視されてきた。そんな子じゃないと思ってたのに……。

龍菜はスマホの待ち受けにしている、猫のぬいぐるみを見つめながら冷や汗をかいた。

怖い……怖いよっ!!

その時、誰かが龍菜の肩に触れた。

「きゃあっ！！！！」

龍菜は必死で手を振り払った。そして逃げてしまった。

「えっ？　龍菜？」「今の、龍菜だったよね？」「どうしたんだろ？」

龍菜の肩に手を置いたのは、友理奈だった。でも、龍菜は怖くて話せず、逃げてしまったのだ。

「大丈夫かな……？」

3人は心配していた。

放課後、龍菜はクラスメイトのトキに無理やり掃除当番を押しつけた。

（ごめん……ごめん、トキ……っ!!）

龍菜は心の中で謝りながら走って家に帰った。

家に帰ってから、自分の部屋に入ってカバンを放り投げ、龍菜はスマホを触り始めた。

「なぁ、朝はどうしたん……」

「あぁ～っ!!」

龍菜はハーコの言葉をさえぎり、スマホで検索アプリを開こうとした。

「あっ、ハーコ。ごめん、驚かせて。どうした？」

龍菜はハーコの存在に気づいて、体をハーコの方に向けた。

「あっ、うん、えーと、今朝(けさ)、どうしたん？　急に出かけてってしもうたやろ？　心配になってなぁ……」

「あぁ、ごめん。言ってなかったね。私はね、『学校』っていうところに、月、火、水、木、金の平日、行ってるの。だから、今朝はいなくなったの。あ、でも、土、日は家にいるよ」

「へぇー、それって、絶対行かなきゃあかんもんなん？」

「うん。その『平日』には毎日だよ」

「ふーん……」

「何？　なんか寂しいの？」

「い、いやっ、そぉ、そんなんじゃないわッ」

そういうと、ハーコはあぐらをかいて顔を赤くし、あっち側を向いてしまった。

龍菜は少し笑ってしまった。ハーコって可愛いところもあるんだなぁ。

ハーコと話して心が落ち着いた龍菜は、ハーコに向けていた視線をスマホに戻し、キーワードを打ち込み、検索ボタンを押した。

『**自分の身を守るおまじない**』

そして、この4文字がでてきた。

『一致(いっち)なし』

はぁ……。龍菜はため息をついた。どうやってヒミツから自分の身を守っていこう?

今、龍菜を育ててくれている母代わりの里親は出張で出かけていて、実の父親は5年前に亡くなっている。

しばらく1人の龍菜は、とても心細かった。そこにハーコが来てくれたのは少し心強いが、人間ではなく、しかも体が小さいとなると、守ってもらうことは不可能だ。

どうしよう、どうしよう、誰に助けてもらえばいいのか――。そのとき、龍菜は思いついた。

照星の家に住ませてもらえるかも。

一応付き合ってるし、何もせずにヒミツに捕まるよりはまだマシだよね。

そう思い、龍菜は照星に電話した。

「もしもし？　照星くん？」

「おお、龍菜。今度はどうした？　俺も今、電話しようと思ってたとこだ」

「あ、あのね……」


そして、龍菜は事情を説明した。

「あぁ……俺はいいけど、母さんに聞いてみるよ」

龍菜は少しほっとした。照星に嫌だと言われてしまったら、もう確実に無理だけれど、それとは逆に受け入れてくれたからだ。

さぁ、後はお母さんへの確認だ。

それから5分ほど経っただろうか。照星が電話に出てきた。

「母さんもいいって。本当のことを言うとさわぎが大きくなりそうだから、とりあえず家の都合で龍菜が1人で家にいるんだけど最近誰かにつけられているかもしれないからってことにしてある。来るのはいつでもいいぞ！　仲良く暮らそうな！」

よかった。これで照星に守ってもらえる。そう思うと、龍菜は安心した。

ちなみに龍菜が里親に育てられている理由は分からない。

まあ、そんなことより。

「ありがとう！　ホントに。じゃあ、切るよ」

そう言って、龍菜が『切る』ボタンに指を近づけたそのとき。

「あぁっ、待って。俺からも話が」

照星が言った。

龍菜は「あぁっ」と言って、耳にスマホを戻した。

「あ、あの、ヒミツのことなんだけどさ」

あっ……、思い出して、龍菜はテンションが少し下がってしまった。

「ヒミツ、俺のこと、世界一好きなんだって。だから俺に告白しようと思っていたんだけど、俺が龍菜に告白したから、龍菜に嫉妬して、ストーカーしてるんだってさ。笑ってたけど、俺、びっくりしたわ」

その後に、照星の鼻で笑う声が少し聞こえた。

そうなんだ……。龍菜は下を向いて不安になった。大丈夫……だよね！

仲間はたくさんいるんだから。

「ありがとう」

そう言って、龍菜は電話を切った。そして、押し入れをバンッ!! と開けた。

いくつものリュックの中に、自分のものを突っ込んだ。何とかリュックは足りたけれど、リュックの中身はぐっちゃぐちゃ。でも、照星のおうちに着いたら整理すればいいや。そして家を出ようとすると、とても小さい足音と、何かを引きずる音が聞こえた。

龍菜は振り返って見た。

あっ！　忘れてた！　ハーコが未来ボックスを引きずっている。

「まっ……てぇ……くれぇ……よぉ……」

ハーコが大変そうに龍菜の方に向かって来ている。龍菜は慌ててハーコを手のひらに乗せて、未来ボックスの中に入れ、走って家を出て行った。

着いた。照星の家だ。インターホンを押すと、玄関から照星が出てくる。

「やあ、龍菜！」

そう言った時の照星の顔は、笑顔でキラキラと輝いていた。

「さぁ、入って」

「お邪魔(じゃま)しま～す！」

龍菜は急いで入った。外でヒミツが見ているかもしれないからだ。龍菜は中に入って靴を脱ぐと、倒れ込んだ。

「ッハハ！　早速満喫してるな」

「だって付き合ってるじゃん」

龍菜はイタズラっぽく笑うと、案内されたリビングで荷物を整理し始めた。

「よろしくね、龍菜ちゃん。オレンジジュースでも飲む？」

照星のお母さんがキッチンから出てエプロンで手を拭きながら出てきた。

「はい、お願いします！」

龍菜は内気だが、フレンドリーなので、すぐに照星のお母さんとも仲良くなった。

そして龍菜はソファに座ると、照星と2人でオレンジジュースとお菓子を口にしながら楽しく話した。

「あっ。そうだ。照星くんに紹介したいものがあるんだ」

龍菜はそう言うと、未来ボックスを膝の上に置いた。

「この子、ハーコって名前つけたの」

「よっ。こんちゃ。よろしくな。照星」

ハーコは照星に向かって言った。

「なんだこれ。ちょー可愛いじゃん！　よろしくっ」

そして、ハーコは何かピンときたのか、ニヤッと笑ってから言った。

「もしかして、この紙の、『バカ』って、この人っちゅうことか？」

そして、ハーコは紙を見せた。

「あっ！　こらっ、ハーコ!!」

「アッハハ、いいよ別に。俺、ホントにバカだし」

「ご、ごめん、照星くん……」

「だからいいって」

そう照星が言うと、様子を見に来たお母さんが、ハーコを見て「キャア！」と叫んだ。

「なっ、何よこの変なちっちゃいの!!」

「失礼やな！『変な』とは！」

ハーコは腰に手を当てて怒った。

「まあまあ……」

龍菜はそう言って、ハーコの説明を始めた。

「ハーコは、この紙に私が適当に落書きで描いたやつが立体になって、動き出したものなんです。なんで動き出したかは私もわかんなくて、なんで関西弁なのかもわかんないんだけど、一緒に暮らすことにしたの」


そして、『バカとちょっぴり付き合います』と書いた紙や未来ボックスのことについても説明した。

「照星くん本人を目の前にすると言いづらいんだけど……個人情報はあんまり入れたくなかったから、バカって書いたんだけど、まぁ、そんなことは置いといて……で、親友の未来に照星くんと付き合うってこと、教えたかったから、書いたんだ」

「そうなんだ。そんなに大切な友達には言っていいよ」

「はあ、なるほどね。このちっちゃいのの謎も解けたわ」

「せやから違うって、お母さん！　ハーコや！」

そのやりとりに、みんなが笑った。

その後も、お母さん、照星、龍菜、ハーコの4人で楽しく1日を過ごした。

3日目　新しい学校生活

次の日。龍菜と照星は一緒に家を出た。２人での登校はとても楽しい。いろいろなことを話して、笑顔あふれる朝を送れる。

そして教室に着くと、いつもの３人が来ていた。

「おはよう龍菜！」「今日は元気だね！」「よかった〜元気になって！」

そしてその奥には……ヒミツがいる。

ヒミツはいつものように全てやることを済ませて、本を読んでいた。

そして龍菜を見つけると、本にしおりを挟み、こちらに来た。

「おはようございます。龍菜さん、照星くん。照星くんは私のものなのですが、どうして一緒に登校しているのでしょう？　照星くん。話があるので一緒に来てもらえますか？」

　そしてヒミツは、照星の手をひこうとした。


　その時、照星はヒミツの手をぶった。

「痛（いた）っ……照星くん？　どうしたんですか？　来てください」

　でも、照星はヒミツの方に行こうとしない。

「お前なんかと話したくねぇよ！」

　照星は腕を組み、言った。

「んんっ……ああそうですか」

　そして、ヒミツは長い髪を揺らしながら、席に戻り、本に挟んでいたしおりをとると、本の続きを読み始めた。

「よかった。ヒミツの奴あっち行ったぜ」

照星はそうつぶやくと、自分の席に戻り、カバンを机の横にかけた。

龍菜も自分の席に戻り、カバンをかけると、トキの席に向かった。

「トキ、昨日はごめんね。無理やり掃除当番、押しつけて」

トキは「全然」とニコニコ顔で返した後、いつものおしとやかな顔に戻って言った。

「そんなことより、昨日は大丈夫だった？　龍菜ちゃん、急に真っ青な顔して帰っちゃったから、ビックリしちゃったんだけど……」

「あぁ……、大丈夫だよ。そんなに心配しなくて」

「占ってあげようか？　これからのこと。大丈夫。今すぐできる占いだよ」

そう、トキは占いができる。お母さんが当たると評判の占い師なので、それを見習ったらしい。

　トキはカバンから水晶玉を出すと、占いを始めた。

「……どう？」

　龍菜がトキの顔を覗き込んで聞くと、トキは驚いた顔で龍菜に視線を向けた。

「今度、龍菜ちゃんに新しい一面が生まれるよ。新しい性格みたいな感じかな。でも、その性格は、あまり使わない方がいいやつだから、どうしてもの時だけに現した方がいいと思うよ」

「ありがとう……」

　龍菜は少し不安げに答えた。

　新しい一面か……どんな性格だろう。

龍菜はそう思っていた。心臓は少しドキドキしていた。初めての占いだったからだ。

トキの占いは当たる、この前トモミにそう聞いた。

トモミは、モテるためにはどうしたらいいかをトキに占ってもらったら、ランニングをこまめにした方がいいと言われ、ランニングを1日に2回するようにしたら、突然モテ始めたらしい。だから龍菜はトキの占いを信じることにした。

その日の休み時間、照星と龍菜は仲良く一緒に図書室に行った。お互(たが)いに本を読み合って、楽しい20分間だった。

ヒミツが見ていたけれど。

その日の夕ご飯も、龍菜は、照星、ハーコ、お母さんの3人と話をしながら楽しい時間を過ごした。それから龍菜は、トモミに連絡しようとし、ソファに勢いよくドンッと座った。

「痛っ……」

龍菜は驚いてそう言い、ソファから離れた。ソファがとんでもなくかたい。そういえば昨日はじめて座った時からここだけかたい。スマホをテーブルの上に置くと、照星たちがいるところに行き、言った。

「ソファがとってもかたいんですけど……」

「えぇっ？」

お母さんが箸(はし)を置いて言った。

「このソファの商品名、確かふかふかソファだったんだけどねぇ……しかも、これお店で一番やわらかいやつだったんだけど……」

「そうなんですか……」

「だよな、これ、ふかふかだし」

照星はお母さんの方を見て言った。ふかふかなソファなのに、急にかたくなるなんてことはありえない。

「まぁ、いいわよ、このくらい。3、4年くらい前から使ってるから、疲れてきちゃったのよ」

そう言って、お母さんはソファにポンポンと手を置いた。

龍菜と照星は顔を見合わせ、ふふっと笑い、歯磨きをしてぐっすりとベッドで眠った。

4日目 ソファの秘密

次の日。昨日のように2人で登校する。

そして2人で歩いていると、後ろから聞き覚えのある声がした。

「何してるんですかー？」

2人が振り返ると、そこにはヒミツの姿が。

「ヒミツちゃんっ!?　どうしてここに？」

「家、こっち側じゃないだろ？」

龍菜と照星は目を丸くしてヒミツの方を見ている。

「どうでしょうね」

ヒミツは2人をにらむと、2人の方に向かってきた。


その時、照星が龍菜の手を掴んだ。照星の手には少しの温もりがある。龍菜も照星の手を強くにぎった。そして2人は、走ってヒミツから逃げて行った。すると、ヒミツは2人をにらみながら追いかけてきた。まるで2対1の鬼ごっこのようだ。すると、照星が言った。

「俺、あそこの角のところで止まる。ヒミツはきっと俺を狙ってる。だから、俺が止まればヒミツも止まるんだ」

「じゃあ、照星くんがおとりになるってこと？」

龍菜は眉をひそめて言った。

「あぁ、そういうことだ。絶対学校行くからさ。大丈夫。龍菜は学校に向かってろ」

そう言って照星は龍菜の頭をなでると、龍菜より速く走って角で止まった。龍菜は学校の方に走り続ける。振り向くと、ヒミツが見えた。ニヤリと笑いながら照星を見て歩いている。龍菜は怖くなって前を向いて必死に走った。

ヒミツが照星に追いつき、照星の手を掴む寸前に、照星は走り出した。

「**はぁ？**」

ヒミツはそうつぶやくと、遠ざかっていく照星の背中をにらみながら歩き始めた。


その頃、龍菜はすでに学校に着いていた。

「はぁ、はぁ、はぁ……」

息が荒い。久しぶりに全力で走ったので、心臓の動きが激しい。

龍菜はカバンの中から小さな水筒を取り出すと、その中身をグビグビと飲んだ。

そしてようやく落ち着きを取り戻すと、スマホを取り出した。

そして、パスワードを入力し、メッセージを送り合えるアプリ、『レッツメッセージ』を開いた。


そして、開いたところには、『夜空照星』という文字と、その左にあるアイコンは照星が大好きなアイドルグループ、『星の中のハート』のメンバーたちが映っていた。龍菜はそこをタップし、

『照星くん、大丈夫？　ヒミツちゃんからは逃げ切れた？』

とメッセージを打つと、不安な気持ちになりながらも返信ボタンを押した。

そして1分後くらいに、龍菜のスマホが鳴った。龍菜はおそるおそるレッ

ツメッセージを開く。

照星の場所を押すと、そこにはこう書いてあった。

『逃げ切れたぞ！　ヒミツはゆっくり歩いてこっちに向かってきてるみたいだ。あと5分くらいで着くから、ちょっと待っててな』

『よかった！　お疲れ様っ！　教室で待ってるよ』

龍菜はそう返信してから、『グッド』の、スタンプを押した。

そしてスマホをカバンの中にしまうと、龍菜はスキップして階段を上っていった。そして教室に着くと、カバンを机の横にかけて本を読み始めた。

それから7分ほどが経っただろうか。いつの間にか教室には、本を読んでいる照星の姿があった。どうやらもう着いていたらしい。

「照星くんっ！」

そう言って、龍菜は読んでいた本にしおりを挟んで、照星のところに。

「よかった、こられて！」

「ギリギリのところで逃げたからな」

そうやって2人が笑っていると、教室のドアから不機嫌そうな髪の長い女の子が入ってきた。

そう——ヒミツだ。

ヒミツは自分の席の机の横にカバンをかけると、今日は各クラスに健康観察カードを配る当番なので、先生の机からカードの束をいくつか取り出すと、廊下に出て、クラスを回っていった。

龍菜はホッとしてため息をついた。

その後も、2人は話していた。

「スマホって便利だよねー」

「待ち受けって、龍菜は何にしてるんだ？」

「私は猫のぬいぐる……あっ！　いいこと思いついちゃったっ」

そう言うと、龍菜はスマホをカバンから出した。

「待ち受け、お互いの顔にしようよ！　絶対いいじゃん！」

その言葉に、照星は笑顔でコクリとうなずいた。２人でお互いの顔の写真を撮ると、それぞれロック画面に設定した。

２人は、設定した画面を見せ合いながら、笑った。

その様子を、当番を済ませたヒミツがこっそりと見ていた。


放課後、２人は一緒に帰って来た。

「おかえり〜、照星、龍菜！」

ハーコが笑顔でお出迎えしてくれた。今日はお母さんが仕事で残業なので、

3人だけの生活だ。

そして2人はクローゼットにカバンを放り投げると、ソファに座って、今ハマっているクイズ番組を観始めた。

龍菜と照星が応援しているチームは、『星の中のハート』チームだ。きっかけは、前に父親と行った握手会。今では父親はもう亡くなってしまっているので、それがいい思い出だそうだ。

龍菜もメンバーがいつも大好きな猫の格好をしているから好きなのだ。

ハーコも一緒になって観ていた。そしてしばらく経った頃、龍菜は少しトイレに行きたくなってきた。

「ごめん、照星くん、わたし、ちょっとトイレ行きたくなっちゃった。行ってくるね」

龍菜が聞くと、照星はコクリとうなずいて、テレビの続きを観た。

龍菜がトイレに入っていると、テレビのあるリビングから、

「うわぁぁぁっ！」

「なんやお前!!」

という、2人の声が聞こえた。

龍菜はクスリと笑ってしまった。『2人とも、テレビに夢中だなぁ』と、心の中で思いながらも、リビングに戻った。

すると、ハーコが窓の方を向いて、目を見開いていた。

(どうしたんだろう……？)

龍菜はそう思いながら、ソファを見た。

「あれ、照星くんは？」

龍菜は言った。ソファに座っていたはずの照星がいないのだ。龍菜は家中

を探した。お風呂、洗面所、キッチン、玄関、照星の部屋、お母さんの部屋、クローゼット……いない、どこにも、いない。

「どうしていないの!? ハーコ、何かあったの？」

龍菜が尋ねると、ハーコはうなずいてから言った。

「うちら、このソファに座って、テレビ観てたんや。でな、突然、ソファの中から真っ黒な服着た女が出て来たんや。そんで、持ってたおっきい袋に照星入れて、窓から逃げてったんや」

龍菜は小さなハーコを手のひらに乗せて、涙をポロポロと流した。

照星がさらわれたなんて……龍菜はベランダに視線を向けた。一体誰が……。龍菜がそう思っていると、朝のヒミツのにらみ顔を思い出した。照星をさらったのは——ヒミツかもしれない……。

龍菜はハッとして、ソファを見た。そして立ち上がり、ソファに座ってみた。ふかふかだ。やわらかい。さっきまでかたかったのに……。

　龍菜はソファの横を見た。底の面に、大きな穴が空いている。龍菜でも、もう少し背の高い照星でも入れそうなサイズの穴だ。その時、龍菜は照星のお母さんの話を思い出した。

『まぁ、いいわよ、このくらい。3、4年くらい前から使ってるから、疲れてきちゃったのよ』

　龍菜はひらめいた。そして、ハーコの方を見て言った。

「わかった！　ハーコ、よく聞いていてね。私のクラスにはね、照星くんに告白したかったけれど、先に照星くんが私に告白して、付き合うことになって、私に嫉妬している、『ヒミツ』ちゃんっていう女の子がいるの。その子は私と照星くんをストーカーしている。だから私はこう考えた。**『ヒミツは私たちが知らない間にこのソファの中に入っていて、照星くんをさらって自**

分のものにしようとしていた』って……。

お母さん、言ってたでしょ？　3、4年くらい前からこのソファは使ってるって。だからこの大きな穴は、かたいソファの証（あかし）。わかった？　つまり私は、ヒミツが犯人じゃないかって考えてるの」

ハーコは龍菜の話を聞いて、コクリコクリとうなずいた。

「確かにそうやな。勝手に人の家に上がりこんでソファに隠（かく）れてしまうほど龍菜に嫉妬してたならあり得るかも。それと、ソファがかたかった謎が解けたな。アッハハハ」

ハーコは少しの間笑っていた。けれど、その後は真剣な顔に戻って、龍菜の前で正座をして言った。

「龍菜、これから、どうせあんたは照星を探しにいくんやろ？」

龍菜は大きくうなずいた。

「それなら、うちも力になっていいか？　なんでちっちゃい落書きだったうちがこんな姿になれたのか、うち、わかってきたんや」

「あれっ？　ハーコの声が変わった！　その声っ、どこかで聞いたことあるような……」

龍菜が首を傾げて言った。その時。

「あれっ？　ハーコ？」

ハーコが目の前からいなくなっていた。

龍菜が照星の部屋を探すために、後ろを振り返ると、空手の格好をした女の子がいた。

「うわぁぁぁっ！　呱々実!?」

そこには、東京に住んでいた頃の友達だった、呱々実の姿が。

「え、えーっと、あなたは……？　呱々実にしてはちょっと幼い気が？」

「ほんとのほんとはあんたと同じ14歳やけど、今ここにいるうちは小学2年生、9歳や！」

龍菜は今の状況が理解できなかった。呱々実は自信満々に腰に手を当てると、こう言った。

「この前、紙に、『バカとちょっぴり付き合います』って書いたやろ？　その左下の女の子、うちやねん」

龍菜は「あっ」と、声を上げた。

「ハーコなんだね！　別に呱々実を描いたつもりはなかったんだけど……、ハーコが呱々実になっちゃったんだね！　いやぁ〜、懐かしいなぁ……」

龍菜は呱々実を眺めながら言う。

短い髪。大きい目。一本のやえ歯。細い手足。いやぁ……顔ちっちゃいなぁ……。

龍菜がそう思っていると、呱々実が口を開いた。

「さっきまでは『ハーコ』だったけど、今は『呱々実』なっ。龍菜を助けるために、うち、生まれてきたと思ったんや」

龍菜はコクリとうなずく。呱々実は大阪出身。関西弁。だからハーコは関西弁だったんだと、龍菜は理解した。

「おっしゃ〜！　その『ヒミツ』って野郎と戦うで〜！」

「む、無理しないでねッ！　あと……野郎は言わないで……」

そうやって話しているうちに、どんどん時間が過ぎていた。

「まずは早く照星くんを見つけなくっちゃ！」

「電話とか、連絡してみたらどうや？」

「そうだね。連絡してみる」

龍菜は、放り投げていたカバンを探してみた。思った通り、照星のカバンにスマホは入っていなかった。

照星はいつもスマホをポケットの中に入れて持ち歩いているので、何か少しでも手がかりを掴むには連絡する方が早い。龍菜はスマホのホームボタンを押した。時間、日付、そしてその下には照星の笑顔。写真を撮った時のことを思い出し、龍菜は思わず画面をじっと見入ってしまったが、しばらくすると自動的に暗くなった。龍菜はスマホを握(にぎ)りしめた。

本当に照星が消えてしまったら嫌だ。涙目になりながら、龍菜はホームボタンをもう一度押し、パスワードを入力する。

レッツメッセージを開き、メッセージを打った。

『照星くん！　大丈夫!?　今どこにいるかわかる？』

龍菜は必死だった。手に力がたくさん入っていた。それからすぐに返信が来た。

『龍菜さん、こんにちは、**ヒミツです**。今、私と照星くんがいる場所は、私たちの中学校の体育館のどこかです』

龍菜は頭を抱えた。理由は2つ。1つは、犯人がヒミツということがわかったから。もう1つは、体育館は広いので、どこに潜んでいるかわからないからだ。でも、探すしかない。龍菜は時計を見た。16時23分。龍菜は呱々実を連れて、中学校の体育館に向かった。

体育館に着いた龍菜は、順番に体育館を隅々(すみずみ)まで探していった。倉庫の中、跳び箱の裏(うら)……。そしてやっと見つけた。ステージの裏の、カーテンの陰(かげ)に隠れていた。

「**あら、見つかっちゃいましたね〜**」

ヒミツはそう言って、布がかぶさっている大きなガラスの箱を引きずりながら出てきた。

「照星を返しなっ！」

呱々実は指の骨をポキポキと鳴らしながら言った。

「返しませんよ。私の照星くんですから」

ヒミツは腕を組んで偉そうにしている。呱々実は頭にきた。

「ほほぉ……いい度胸やな。うちが何回空手の大会で優勝したことがあると思ってるんやコラアァァァァァッッッ！！！！！」

呱々実がそう言うと、ヒミツはパチンと指を鳴らした。

その時、10匹のオオカミが呱々実に向かってきた。

「なっ、何やっ……。うちに、うちに勝てるとでも思ってんのか!?」

呱々実はもう一度指の骨を鳴らす。

「こ、呱々実っ！　やめときなよ！　今あなた、小学2年生だよ!?」

その時、全てのオオカミが呱々実の方に走った。それと同時に――

バァリィィィィン！！！！！


ガラスの割れる大きな音がした。そして背の高い男性が、オオカミ10匹を蹴り飛ばし、オオカミ10匹は気を失った。

「照星くんっ！！！」

龍菜は叫んでその男性の方に向かった。その男性は、ガラスの箱から脱出した――照星だった。

「んんん……」

照星はうなりながらうつぶせに倒れた。

「ふ、ふふふふ……」

ヒミツはよろけながら立ち上がり、笑う。

「照星くんは返してね！」

龍菜が照星を起こそうとしようとした時。

「条件があります」

龍菜の手が止まった。

「龍菜さんが私の手先になってくれるなら、照星くんには何もしません。手先になりたくないのならば、2人とも命の保証はできませんよ」

そう言って、ヒミツは手を差し出した。

龍菜は迷った。どちらを選んでも不幸はある。手のひらが汗をかくほど、こぶしを握りしめる。額からも汗が流れる。照星くんを助けなきゃ……。龍菜は下を向きながらヒミツの方に体を向けゆっくりと歩き始めた。

ヒミツはニヤリと笑う。照星と呱々実は眉をひそめて黙って龍菜の方を見ているしかなかった。

龍菜はヒミツの目の前で止まった。そしてヒミツの手を掴んだ——その時。

ヒュッ、ドタン！！！！

ヒミツが立ち上がり、龍菜が倒れている状態——ではなかった。逆だ。

龍菜が立ち上がり、ヒミツが倒れている状態だ。

「なっ、何をするんですか、いきなり突き飛ばすなんて。龍菜さん……暴力ははんた……」

「**……うるせぇなぁ？**」

龍菜の低い声がヒミツに届いた。

「なっ、なんなんですかあなたっ、りっ、龍菜さんはそんなことっ、しないはずですっ」

その時、龍菜はヒミツの体を振り回した。ヒミツは無言だ。ただ息が荒いだけ。

「やっ、やめてくださっ……」

するとｰ。

「こっちはどんだけ苦しんだと思ってんだよぉぉぉぉぉぉ！！！！！」

耳をつんざくような龍菜の声が、体育館に響いた。

「怖くてたまんなかったんだよこっちはぁぁぁぁっっっっ！！！

お前は先生たちに通報(つうほう)されて捕まるんだな！」

そう言って龍菜は、ヒミツの手を振り払い、体育館を出た。残されたヒミツと、オオカミは、次の日まで気を失っていたらしい。

5日目

ねずみのお姉ちゃん

翌朝、照星と呱々実はぐっすりと眠っていた。龍菜は起きた時にとても焦っていた。

「うわぁぁぁっ、昨日はヒミツちゃんにあんな暴言吐いちゃった。今日謝らなきゃぁぁぁ！　あそこまでひどいことしちゃったから、もうストーカーはしてこないと思うしね。あっ。もしかして……」

龍菜はこの前のトキの占いを思い出した。

「『新しい一面』って、昨日のことかも。暴力と暴言。確かに、この性格はあまり使わない方がいいから、どうしてもの時だけにしよう。いやぁ〜、それにしてもすごいなあ……トキ。占い、信じておいてよかった」

龍菜は髪を束ね、カバンの中に持ち物を入れる。

そしてまだ寝ている照星を起こしに行った。

「おーい。照星くーん。7時半だよ、起きてー」

その声に、照星はゆっくりと起きた。

「おはよ、龍菜……うーん……昨日の闘(たたか)いで、寝むぅい……」

「遅刻しちゃうよっ、照星くんっ。……私、先行っちゃおっかなぁー？」

龍菜がそう言うと、照星はすぐに立ち上がった。

「それだけはやめてぇーっ」

照星はそう言うと、洗面所に行って、顔を洗った。

その後、いつも通り、2人は一緒に登校した。一緒に階段を上り、廊下を歩き、教室に着いた。そしてそれぞれカバンを自分の席の横にかけると、2人は本を読み始めた。照星は前まで友達とふざけてばかりだったが、龍菜の影響で本を読むようになったのだ。龍菜はいつものように満面の笑みだったけれど、照星の様子が、どこかおかしかった。

その日の休み時間、龍菜はトイレに行った。そして、順番を待っている間に、通路の壁に寄りかかっていると、隣にトモミたち3人が来た。そして、そのなかの1人の友理奈が言った。

「龍菜、この頃変だよね。一緒に帰ることもないし、話すこともなくなってさ。どうしちゃったの?」

龍菜はなんて答えればいいのかわからなかった。照星と一緒に登校してはいるものの、みんなにはバレないように学校の近くで別れていた。照星と同

郵便はがき

差出有効期間
2025年3月
31日まで
(切手不要)

1 6 0-8 7 9 1

141

東京都新宿区新宿1－10－1

(株)文芸社

愛読者カード係 行

ふりがな お名前		明治 大正 昭和 平成 年生 歳
ふりがな ご住所	□□□-□□□□	性別 男・女
お電話 番号	(書籍ご注文の際に必要です)	ご職業
E-mail		
ご購読雑誌(複数可)		ご購読新聞 新聞

最近読んでおもしろかった本や今後、とりあげてほしいテーマをお教えください。

ご自分の研究成果や経験、お考え等を出版してみたいというお気持ちはありますか。

ある　　ない　　内容・テーマ(　　　　)

現在完成した作品をお持ちですか。

ある　　ない　　ジャンル・原稿量(　　　　)

<table>
<tr><td>書　名</td><td colspan="4"></td></tr>
<tr><td rowspan="2">お買上
書　店</td><td rowspan="2">都道
府県</td><td rowspan="2">市区
郡</td><td>書店名</td><td>書店</td></tr>
<tr><td>ご購入日</td><td>年　月　日</td></tr>
</table>

本書をどこでお知りになりましたか?
1.書店店頭　2.知人にすすめられて　3.インターネット(サイト名　)
4.DMハガキ　5.広告、記事を見て(新聞、雑誌名　)

上の質問に関連して、ご購入の決め手となったのは?
1.タイトル　2.著者　3.内容　4.カバーデザイン　5.帯
その他ご自由にお書きください。
(　)

本書についてのご意見、ご感想をお聞かせください。
①内容について

②カバー、タイトル、帯について

弊社Webサイトからもご意見、ご感想をお寄せいただけます。

ご協力ありがとうございました。
※お寄せいただいたご意見、ご感想は新聞広告等で匿名にて使わせていただくことがあります。
※お客様の個人情報は、小社からの連絡のみに使用します。社外に提供することは一切ありません。

居してるって、言わない方がいいと思うし、そんなこと言ったら、照星に絶対怒られる。

龍菜が黙っていると、トモミが言った。

「照星くんと一緒にいることが多いよね。なんかあったの？」

すると次は、鈴美がニヤリと笑いながら言った。

「もしかして、あの照星のことを好きにでもなった？」

「そ、そんなんじゃないよぉっ」

龍菜はひどく慌てた。

『でも、もしかしたら私、照星くんのこと……』

龍菜が考えていると、友理奈が強く龍菜の肩を叩き、言った。

「龍菜ッ。教えてよ？」

龍菜は一歩後ずさると、言った。

「ごめん、言えないっ」

そして、トイレから出て行った。

教室に戻り、龍菜は席で本を読んでいた。そしてしばらくすると、カバンの中のスマホがピロン、と鳴った。これは、レッツメッセージの音だ。龍菜はカバンの中からスマホを出して、ホームボタンを押した。

そのレッツメッセージの通知の枠の中の名前のところには、こう書いてあった。

『十二（とふた）ねずみ』

龍菜は一瞬、『誰?』と思ったけれど、すぐに思い出した。お姉ちゃんだ。

お母さんは龍菜を入れて12人産んだという話を、龍菜は聞いたことがある。

お母さんは、みんなを別々に里親さんの家に預けていたが、一度だけ、そのとき生まれていた8人で会ったことがある。龍菜はそのとき生まれていたのだ。「十二ねずみ」というのは、龍菜の4つ年上の長女の、18歳のお姉ちゃんだ。龍菜はレッツメッセージを開き、ねずみのところをタップした。そこにはこう書いてあった。

『久しぶり！　龍菜ちゃん！　ねずみだよ！　お姉ちゃんのこと覚えてる？　突然でホントゴメンなんだけどね、1週間前に**お母さんが亡くなったの**。私たちきょうだい12人が知らないうちにがんになったんだって。それで、1週間後に、市の原駅の近くの葬儀場でお葬式するんだけど、龍菜ちゃん、来られる？』

龍菜は目を丸くした。

お母さんが亡くなってしまった？

どうしてがんだったのに連絡してくれなかったの？

してくれたらいくらでも助けてあげたのに……。

そう思いながら、龍菜の目からは涙がこぼれた。龍菜は制服の袖で涙を拭(ぬぐ)った。早く返信しなきゃ。

『ねずみちゃん、久しぶりだね。教えてくれてありがとう。私も行くよ』

そして、龍菜が時計を見ると、3時間目の国語が始まる時間が迫っていたので、龍菜はスマホをカバンの中にしまい、国語の教科書とノート、筆箱、下敷きを出して、静かに本を読んで、授業が始まるのを待っていたのだった。

しかし、その授業は、ショックで何も龍菜の頭に入ってこなかった。

12日目
母からの手紙

そして、1週間後。龍菜は全身黒い服で葬儀場に向かった。

「えーっと、市の原駅は、ここから、1、2、3……4つめのとこだ」

龍菜はスマホを見て確認する。そして、3分後に来た電車に乗った。

そして10分もしないうちに、市の原駅に着いた。あれっ？　今この地図のどこにいるんだっけ？　龍菜は首を傾げた。ここを左に曲がって……それからここの角で曲がって……あれっ？　龍菜はすぐに迷子になってしまった。

龍菜は近くを通りかかったメガネをかけているスーツ姿の女性に聞いた。

「あの……すみません。この葬儀場に向かいたいんですけど。どこにあるかわかりますか？」

龍菜は目的地の地図を女性に見せながら言った。女性はメガネをかけ直すと、笑顔でこう言った。

「そこなら、あそこの橋を渡って、右に曲がり、あの大きなビルを通り過ぎてから左に曲がるとありますよ」

「ありがとうございます！」

龍菜はお辞儀をして、女性が教えてくれた道を走って進んだ。

あった。葬儀場だ。

龍菜は静かに会場に入ると、あたりを見渡した。

ねずみ……、ねずみちゃんはどこだろう。みんな黒い服を着ていてわかりづらい。確かねずみは髪が長くて……、目が大きくて……、肌が白い人だったな。龍菜は思い出していた。すると、スマホが鳴った。見ると、レッツメッセージだった。ねずみからだ。

『私は今、白いカバンを持ってるよ。お母さんからもらった大切なものだから持ってきたの。私は、龍菜ちゃんのこと、みーつけた！』

龍菜はあたりを見回した。白いカバン……白いカバン……、あ、いた！その人は、長い髪を束ねていて、目が大きくて、肌が白く、白いカバンを持っていた。それに龍菜を見て微笑んでいたので、龍菜はその人がねずみだと確信した。龍菜はその人の方に向かい、お辞儀をした。

「久しぶり、ねずみちゃん」

「龍菜ちゃーん！　大きくなったね！」

そう言ってねずみは、龍菜の背中をポンポンと叩いた。

「他のみんなもいるよ。奈牛（なうし）と、瀬虎（せとら）と、小兎（こうさぎ）と、蛇世（へびよ）と、子馬（こうま）と、羊（よう）と、美沙流（みさる）と、鳥音（とりね）と、犬（いぬ）と、猪（いのしし）」

龍菜はハッとした。姉妹のみんなも来ているんだと思い、少し会いたくなってしまったからだ。

「あ、あの……、みんなと会えるかな？」

龍菜が控えめにそう聞くと、ねずみは頭をポリポリとかいた。

「うーん、どうかな。みんな、別々の場所にいるのかな……。わかんないけど、一応連絡してみようか？」

「いやっ、別にいいよ。無理に探してもらわなくても……」

龍菜は苦笑いして言った。すると、どこかから声が聞こえてきた。

「龍菜ちゃぁぁぁぁんっ！」

龍菜は声のする方に振り向いた。そこには、満面の笑みでこっちに走って来る、7歳くらいの小学生がいた。

「こっ、こんにちは……えっと……」

龍菜がその子に名前を聞こうとすると、ねずみがその子の手を掴んで言った。

「猪ちゃん！　久しぶり！」

「こっ、こんにちは、猪ちゃん。どうかしたの？」

龍菜がそう聞くと、その女の子——猪はコクリとうなずき、こう言った。

「あのね、いーちゃんがちっちゃい頃に、ママに手紙を渡されたんだ。『私が死んだら龍菜お姉ちゃんに渡すんだよ』って言われて」

いーちゃんというのは、猪のことを言っている。龍菜は手紙を受け取ると、ゆっくりと開いた。

『龍菜へ
元気にしていますか？　中学校では友達、できましたか？　どんなことがあろうとも、私は空から龍菜を見守っていますよ。さて、もうすぐ死んでしまう私ですが、そんな私が龍菜だけに残したものがあります。私の全財産です。全て、一切合切、あなたにあげます。私がなぜ、あなただけにこのような手紙を書くのか、と思いますよね？　それはあなたに謝りたいからです。天国に行こうとも地獄に落ちようとも、忘れられない罪を犯しました。あなたにひどいことをしてしまったのです。
私は、産む子どもの数は、4人くらいまでがいいなと思っていました。けれど、5人目のあなたが産まれてしまい、私は非常に腹を立ててしまいました。だから私は、あなたが産まれてから1週間後の退院した日、家で自分の長い爪で、あなたの首を3回引っかいてしまったのです。その時のことはずっと忘れられない出来事となりました。ほら、あなたの首には引っかいたような痕（あと）があるでしょう？　そこです。私はそこを引っかいたのです。本当にあの時はごめんなさい。死んだ後もずっと反省しつづけることでしょう。そんな私から危害を受けた龍菜には、お詫びとして、私の全財産をあげます。どうぞ、思う存分に好きなことに使ってください。

私が子どもたちみんなを里親さんの家に預けたのも、4人以上の子育ては無理だと諦めたからなのです。

こんなお母さんを許してくれるでしょうか。

では、さようなら。空からずっと見守っていますよ。

十二神代（かみよ）』

龍菜はしばらく下を向いていたが、そのうちに手紙に水滴がこぼれ落ちた。その正体は、龍菜の大粒の涙だった。

「お母さん……だからといって一人ぼっちで死なないで欲しかったよ。連絡してよっ。もっと話したかったよ……」

そう言って龍菜は、手紙を強く握りしめた。ねずみは龍菜にハンカチを渡す。猪は心配そうに龍菜を見つめていた。

「ホントだ。龍菜ちゃんの首にあるよ、傷。細い、赤い傷が」

ねずみが龍菜の首を指差して言った。そこには、赤くて細い、引っかかれた痕がついている。龍菜はねずみが指差していた首を軽くなでた。

その後、龍菜たちは最後まで葬儀に参列し、しばらくしてから、龍菜は電車に乗って帰って行った。

家に着き、リビングのドアを開けると、そこにはやわらかいソファに座りながらテレビを観ている照星がいた。

照星は龍菜が帰ってきたことに気づいて、龍菜の方を見て、険しい表情で言った。

「おかえり、龍菜。どこ行ってたんだい？」

「見ればわかるでしょ？　お葬式。私のお母さんの」

龍菜は持っていたバッグを投げながら言った。照星は反省したかのように下を向くと、ソファに座り、テレビの続きを観始めた。

龍菜はそっぽをむきながらクローゼットに向かい、部屋着に着替えると、ベッドにとびこみ、いつの間にかぐっすりと眠ってしまった。

龍菜はお母さんの思いを手紙で知ることができ、安心した。

でも、照星と龍菜の様子がいつもと違うのには訳があった――。

11日目 2人の気持ち

それは葬儀の前日のことだった。

龍菜と照星がいつものように一緒に帰っていると、照星が突然口を開いた。

「あのさ、俺らって、付き合ってるじゃん？　でも、龍菜と俺ってつり合うのかなって。龍菜に好かれてない俺が、お前とやっていけるのかなって、最近思うようになったんだよ。お前はどう思ってるんだ？」

龍菜は驚いた。クラスのおバカキャラとして有名だった照星が、こんなに大人みたいなことを言うなんて、1ミリも思っていなかったからだ。

そんなことを考えながら、龍菜は照星の手を握った。そしてゆっくり歩きながら、龍菜は言った。

「好きだもん」

「えっ……」

照星は顔を赤くしながら驚いた。

「私、照星くんのこと、好きだもん。そんなこと言われても、絶対離さない。確かに最初の頃は全然好きじゃなかった。あの人、いつもバカさわぎして何やってるんだろうって、ずっと思ってた。でも、告白してくれた時、私の心臓がボワってなったの。多分、びっくりしたんだと思う。それから、照星くんとしゃべることが増えて、一緒に暮らすことになって……。私、いつの間にか照星くんのこと好きになっちゃったみたいだね。ホントに自分でもわからない。いつ好きになったのか。でも、これだけはわかる。今私は照星くんのことが好き。だから離したくないっ……」

龍菜と照星の目には、涙があふれていた。

「俺だって、好きだよ。でも、龍菜に俺がつり合うのかって話。べつに別れようなんて言ってない。だって俺はお前が世界一好きだからな」

そう言って、照星は龍菜を抱きしめた。龍菜もそんな照星を受け入れた。

2人の体を、真っ赤な夕焼けの光が赤く照らしていた。


「おーい、おーい、龍菜?」

誰かの声で、龍菜は目を覚ました。葬式から帰ってきて眠ってしまったようだった。窓の外は薄暗く夕方の気配がした。

龍菜は細く目を開ける。そこには、呱々実から戻ったハーコが、ハーコにとっては大きめのはがきくらいの紙を両手で抱えて立っていた。

「うんっ……ハーコ。どうしたのっ……って、うわぁぁぁぁぁぁっ」

ドシン
龍菜は寝ぼけて、ベッドの上から落ちてしまった。

「ったく、もう、何してるんやぁ！」


ハーコは龍菜のお腹の上に乗っていたので、一緒に落ちてしまった。尻もちをついてしまったお尻をパンパンとはらっている。

「ご、ごめん、ハーコ……その紙、何？」

龍菜は自分の頭をなでながら言った。ハーコは何やら、チラシのようなものを持っている。ハーコはニヤリと笑うと、その紙を広げた。

「これ、最近知り合ったうちの半人妖精仲間の麻衣子ちゃんにもらってきたんや」

「ハンジンヨウセイ？　ハーコみたいな存在がまわりにもたくさんいるってこと？」

「うち、この前呱々実になったやろ？　だから半分人間なんや。だから、半分人間の、妖精っちゅうこと」

「へーっ。で、これ、何？」

「『半人妖精ブレイクパーティー』のチラシや。誰でも参加可能！　行ってみん？　明日やで」

「なんで？」

龍菜が目を丸くして聞くと、ハーコは頭をポリポリとかきながら言った。

「最近、変なことばっかやろ？　お母さん亡くなって、照星も変なこと言ってくるし、しかも誘拐（ゆうかい）されたやん？　だから、ちょっと休んで欲しいなって、思ったから」

龍菜はニコリと微笑み、ハーコを手のひらに乗せると言った。

「ありがとう、心配してくれて。行かせてくれる？」

ハーコはうれしそうに両手を広げると、龍菜の手のひらから飛び降り、こう言った。

「明日、パイン公園の木の上でやるって。半人妖精は、人間にはバレずに生活できるから、大丈夫。木の上に人が登ってきたとしても、避難すれば平気なんや」

龍菜は自然と笑顔になった。でも、ひとつ疑問が。

「でも、どうして私には半人妖精のあなたの姿が見えてるの？」

ハーコは広げていた紙を丸めると、腕を組んで言った。

「わからん。うちが生まれてきた時、なんで自分の姿が見えないはずの人間に声をかけたのか、わかるか？」

龍菜は首を横に振る。ハーコはもう一度腕を組むと、言った。

「うちもわからへん。なんでやろ？　神様が奇跡を起こしてくれたんかな？　ハハッ、そんなわけないか」

「でも、わからないよ。もしかしたら、ホントに神様からのプレゼントかもしれないし。偶然かもしれないし……」

「そうやな、これはきっと奇跡やな。龍菜は半人妖精となんかの関わりがあるのかもしれん。明日、パーティー会場に、半人妖精のことならなんでも知ってる、皐月（さつき）って子がいると思うから、その時聞いてみよ」

龍菜はコクリとうなずく。

ブレイクパーティーって、どんなのだろう。

龍菜はいろいろなことを考えていた。

食べ物はあるかな、ゲームとかは？　今流行りのあのゲーム、できるかもしれない。

その日、龍菜は考え事をしながら1日を過ごした。

13日目
龍菜の秘密

次の日、龍菜はいつもより早く起きた。髪を整えながら、今日はどんな髪型にしようか考える。髪を結んだあと、アクセサリーのケースを覗き込んだ。

「これ、最近使ってないな。でも、これもお気に入りなんだよね。どうしようかな……」

ひとり言を言いながら、龍菜はどれにするか選んだ。選んだのは、最近使っていない、猫の形をしたヘアピン。ケースの奥の方にしまってあったので、少しホコリっぽかったが、龍菜はそんなこと気にしなかった。

学校に行く時間になり、龍菜はカバンを肩にかける。龍菜は前髪が長く、ピンをつけるときは乱れやすいので、しばらく経ってからもう一度鏡で確認した。

うん、大丈夫。つけた時と変わりはない。

龍菜は玄関に向かい、靴を履いた。そして照星のお母さんが置いたゴミ袋を重そうに持つと、玄関の鍵を開け、外に出た。照星は先に学校に行っていたので、1人で学校に向かった。

しばらく歩いていると、後ろから足音がした。龍菜が振り返ると、そこには知らない男性が、龍菜のことを見つめていた。その男性はニヤリと笑い、車の鍵を龍菜に見せると、こう言った。

「やぁ、お嬢ちゃん。一緒にショッピングに行かないかい？　好きなもの買ってあげるよ？」

「い、いやです！」

龍菜は走って逃げた。その後ろから、龍菜は男性の舌打ちが聞こえてきたような気がした。

学校に着いた。龍菜は教室に駆け込むと、椅子に座っていた担任の咲花先生に慌てて言った。

「先生！　今、通学路を歩いてる時に、知らない男の人が、話しかけてきました！　その人は、車の鍵を持っていて、一緒に行かないかって、誘ってきたんです！　だからきっと、私を誘拐するつもりだったのだと……」

「十二さん、落ち着いて。話はわかったわ。ちょっとこれを見て欲しいの」

先生が龍菜の必死な説明を止めた。そしてポケットからスマホを出すと、龍菜にスマホの画面を見せた。

「龍菜ちゃんが見た人って、この人？」

そこには、さっき龍菜に話しかけてきた、男性が映っていた。

「そうです！　この人ですっ！」

龍菜は必死に訴えた。先生はスマホを見つめながら言った。

「この人は、３年前に交通事故に巻き込まれてしまった、高田颯太さん。意識はなんとか取り戻したんだけど、記憶喪失になってしまったの。ある日、高田さんが病院のベッドで寝ている時、誰かが部屋に入ってきた。高田さんは、看護師さんかと思ったけれど、それは、町で有名な誘拐犯グループのメンバーのひとりだった。誘拐犯は高田さんの記憶がないのをいいことに外に連れ出し、今では一緒に誘拐犯グループとして活動しているらしいわ」

「そうなんですか……」

龍菜は持っていたカバンをギュッと握った。

「もしかしたら、誘拐犯グループは、龍菜ちゃんを狙っているのかもしれないわ。今日は、先生と一緒に、おうちに帰りましょう」

龍菜は焦った。そうしたら、照星と同居していることがバレてしまう。龍菜は、仕方ない、と、ため息をつくと、先生に照星との関わりを話した。

「ふーん。そうなんだ。照星くんと同居ね～」

恋バナ興味ゼロの先生は適当に軽く流した。

龍菜はその時、ハーコに誘われたパーティーのことを思い出した。間に合うかわからないが、一度家に戻っても急げばきっと大丈夫だろう。

そして放課後、龍菜は先生と一緒に帰った。下校の時は、誰も龍菜に声をかけてこないし、気配も感じなかった。気づいたら、照星の家に着いていた。

「じゃあ、龍菜ちゃん、今日なんか予定ってある？」

先生が聞いた。

「あぁっ、ちょっと、ひとつ、用事が……」

「そう。なら気をつけてね。その間に、おうちの方とお話したいんだけど、いいかしら？」

「はい、わかりました」

龍菜はそう言って、先生と一緒に家の中に入った。

「こんにちは、夜空さん！　お久しぶりじゃないですか」

「あらっ、咲花先生。お久しぶりです！　授業参観の時以来ですね」

2人が話し始めた隙（すき）に、龍菜とハーコはパーティーが行われるパイン公園に向かった。

「さっ、着いたで〜！　この木の上がパーティー会場や！」

ハーコが木を指差しながら言った。それは公園の中で一番大きな木で、春にはまぶしいほど美しい桜が咲き誇るという。

2人はその木に登り、会場を見渡した。そこには、たくさんの半人妖精がうじゃうじゃといる。龍菜は半人妖精を踏まないように木に座った。木の上にある入り口を入ると、広い空間が広がっていた。

「よお、美奈子！　おっ、優美もいる！」

ハーコはたくさんの友達を前に盛り上がっている。龍菜は少し気まずかった。可愛らしい妖精たちがいる中で、人間の自分だけ怪物のように大きい。でも、半人妖精たちを見ていたら、少し楽しくなってきた。

「龍菜、ボーッとしてないで、早く皐月を見つけよ」

せかされて慌てた龍菜はハーコの後を追っていたら、つまずいてしまった。

「あっ、ご、ごめんなさいっ！」

龍菜は慌てて立ち上がった。龍菜が見ると、1人だけが潰されてしまっていた。

「だっ、大丈夫ですよ……。イテテテテッ……」

その子はたくさんの本を持って、メガネをかけている。そしてしばらくしてから、ハーコが駆け寄ってきた。そして、目を丸くすると、こう言った。

「皐月っ!?　大丈夫？　ケガないか？　立てるか？」

その半人妖精――皐月はメガネをタオルで綺麗(きれい)に拭いてから、お尻をパンパンとはらい、立ち上がった。

「こ、この子が皐月ちゃん？」

龍菜はしゃがんで皐月を見つめた。ハーコは龍菜に向かってコクリとうなずくと、視線を皐月に向けて口を開いた。

「皐月、実は今日、ちょっと聞きたいことがあるんや。聞いてくれるか？」

「もちろん。どんな疑問にも答えるよ」

皐月はそう言いながら髪の毛を耳にかけた。そして、パーティーを開いた翔子（しょうこ）に空き部屋を案内してもらい、ホコリっぽい椅子に座ると、3人は真面目にそれぞれ自己紹介をした。

「あのな、相談したいことっちゅうのはな、皐月も今思ってるやろ？『なんで龍菜にはうちらの姿が見えてるのか』ってことや。それに龍菜の恋人とか恋人のお母さんもうちのこと見えてるんや。なんでか、皐月、わかるか？」

ハーコが真剣な表情で聞いた。皐月は本を開く。そのいくつかの本の表紙には、現実世界ではなさそうな題名が書いてあった。

『半人妖精の謎解決集』、『なぜ？　どうして？　半人妖精の疑問』……。たくさんだ。

皐月は人に何かを聞かれると、すぐに本を開く。いつも本を手に持ち歩いているのだ。皐月は本の1238ページを目を丸くして読んでいた。そして暗記したかのように目を閉じると、本も静かに閉じ、口を開いた。

「それはなぜかというとね、龍菜さんのお母さん――神代さんが、元々は半人妖精だったから。神代さんは、町のお金持ちの女の子が落書きで描いた女の子の半人妖精になった。その時、龍菜さんのお母さんはまだ3歳で、毎日怖がりながらも1人で街を歩き回ってた。そんなある日、神代さんは赤信号を渡ってしまった。横からは車が――と、その時、1人の男性がギリギリのところで神代さんを助けてくれたの。その男性も、同じ女の子が落書きで描いた半人妖精だったから、神代さんのことが見えた。その男性は夫婦という設定で一人の女性と描かれていて、ちょうど子どもが欲しいと思っていたところだったの。だからその男性は、家に神代さんを連れ帰って、奥さんと一緒に自分の子どもとして育てた。そして、龍菜さんの恋人や恋人のお母さんがハーコのことが見えるのは、半人妖精から生まれた龍菜さんの運命の人、そして運命の人の家族だから」

龍菜は手汗が出ていた。そんなことがあったのか。心臓もドキドキしていた。ハーコが言った。

「そうなんや……。だからうちらのことが見えるんや」

龍菜は立ち上がり、皐月の方に行くと、言った。

「ありがとう。謎が解けたよ」

それからハーコと龍菜は、パーティーで楽しく1日を過ごした。

14日目　大切な人

次の日。龍菜は学校に向かっていた。すると後ろから足音が聞こえた。龍菜は立ち止まった。この足音、どこかで聞いたことあるような……。龍菜はそんな気がした。

パシッ

誰かが龍菜のカバンを取った。龍菜が振り返ると、昨日龍菜に声をかけてきた男性――誘拐犯の高田がフードをかぶり、ニヤリと笑って立っていた。

「あっ、返してくださいっ！」

龍菜は誘拐犯が持っているカバンを取り返そうとした。

その時。

誘拐犯が龍菜の口をハンカチでふさいだ。そこにはたっぷりの睡眠薬がついていたので、龍菜はぐっすりと眠ってしまった。その後、誘拐犯は龍菜を真っ黒な車に乗せ、エンジンをかけて走っていった。

その姿を後ろから、背の高い照星が見つめていた。

「大変だ……。龍菜が誘拐されたっ……」

照星はそうつぶやくと、しばらく呆然としていたが、すぐにカバンからスマホを出し、レッツメッセージを開く。

龍菜からもうすでにメッセージが届いていた。そのふきだしの中には、こう書いてあった。

『照星くん助けてまだスマホは回収されてないよもう目的地着いたみたい場所はパイン公園助けて』

龍菜は慌てていたのか、点や丸をつけていなかったが、照星はメッセージの意味がわかったので、すぐにパイン公園に向かった。ついさっき睡眠薬で眠らされていたのに、もう起きているということは、睡眠薬の効き目がよっぽど弱いんだなと思った。

パイン公園に着いた。照星はあたりを見渡す。すると、トイレの方に黒い車が見えた。龍菜を連れ去ったあの車だ。照星はそっちの方に行ってみた。

近づいて車の中を覗くと、その中には眠ったふりをしている龍菜と、運転席では、黒く目立たない服を着た誘拐犯がスマホをいじっていた。

照星は少し離れると、警察に電話をした。そして、公園に散歩に来た人のふりをして、自販機で買ったアイスをベンチでゆっくりと食べていた。

しばらくすると、誘拐犯の仲間であろう男たちがやってきた。みんな、黒く目立たない服を着て、フードをかぶり、顔を見られないようマスクをしている。その男たちは、記憶喪失の誘拐犯——高田颯太の背中をポンポンと叩いた。『よくやった』と言っているようだった。

すると、向こうにパトロールカーが見えた。ウゥーンと音を出しながらパイン公園の前で止まると、警察官が何人も出てきた。

「お前たち！　誘拐容疑で逮捕する！」

そう言って、誘拐犯たちの手にあっという間に手錠をかけた。

そして車から無事に出てきた龍菜は、照星に飛びついた。

「照星くんっ！」

龍菜の目からは、たくさんの涙がこぼれていた。

（やっぱり、照星くんとは離れたくない）

龍菜はそう思った。

それに対して、照星はこう思っていた。

（ああ……俺が一緒にいたら、龍菜は誘拐なんてされなかったのに……。俺はやっぱり……）

永遠の恋人

　しばらく経ったある日のこと。照星と龍菜は２人きりで家でお茶をしていた。しばらくお母さんが出張なので、その間は２人きりの生活だ。何人かの友達が遊ぼうと誘いにきたが、その日２人は友達と遊べる気分ではなかったので、照星と龍菜は断った。

「それで、どうするんだ？　俺たちのこと」

　照星はあたたかいココアを入れながら言った。

「前も言ったけど、私は照星くんのことが大好きだから、離れたくない」

龍菜は受け取ったココアに口をつけながら言う。照星はココアをコップに入れ切ると、言った。

「でも……俺は、龍菜に似合わないと思うんだ。だから別れた方がいいと思う……」

龍菜は黙ったままスマホのホームボタンを押した。ロック画面には、満面の笑みの照星が映っている。

「こんな笑顔、離したくないっ……」

龍菜はスマホを握りしめた。

照星はココアを口につけて言う。

「俺は別れたいんだ。龍菜のことは世界一好きさ。でも、俺はそんな素敵な龍菜と付き合ってる自分が好きになれないんだ。自信が持てなくて、いつもの自分じゃない感じがして不安でたまらなくなるんだ。そんな奴と一緒にいたくないだろ？」

龍菜は思いきり首を振る。照星は困った。龍菜のことを好きというのは本音だ。自分のことを好きじゃないというのも本音だ。照星は自分のからっぽになったコップをドンと置くと、言った。

「龍菜。君がもとの家に戻ってくれないか？」

龍菜は照星に視線を向けた。龍菜は下を向いて言う。

「まあ……確かに……私は照星くんのこと大好き。だけど、前までおバカキャラだったでしょ？　でも、ある日急にバカなことしなくなったじゃない？　だからクラスのみんな、ビックリしてると思う。きっと、みんなが好きな照星くんは、おバカな照星くんだよ」

照星は涙目になった。龍菜も同じだ。その様子を、隣の部屋からハーコが

こっそりと見ていた。

「わかった。いいよ……でもっ、その代わり……っ」

龍菜はそこまで言うと、ハンカチで涙を拭いた。

「その代わり、私のこと、ずっと忘れないで」

「ああ、もちろんだ」

照星がそう言うと、龍菜はクローゼットで出かける準備を始めた。

そして10分ほどしただろうか。家を出る準備ができた。

「さようなら。照星くん」

「じゃあな……龍菜……」

その時の2人の目からは、涙がこぼれていた。

そして、照星は、優しく龍菜に口づけた。

「じゃあね」

龍菜はそう言って、玄関のドアを開けた。

「龍菜のこと、世界一好きだ」

その言葉が、龍菜が聞く最後の照星の声となった。そして龍菜はドアを閉め、外に出た。

龍菜は家に帰ってきた。そして靴（くつ）を脱（ぬ）いで自分の部屋に行くと、その場にくずれおちた。

「うわぁぁぁぁぁっ！」

龍菜の泣き声が、近所中に響いた。

それから何十年経った今でも、龍菜のスマホのロック画面では、照星が満面の笑みを浮かべていた。

著者プロフィール

ひよりん

2013年生まれ。
千葉県在住。
小説を『書く』楽しさを知り、放り投げた小説もいくつかありましたが、「これだけは書き切る!!」と気合いが入り、ついに最後までこの本を完成させせました。

イラスト協力会社／株式会社ラポール イラスト事業部

バカだった人

2024年6月15日　初版第1刷発行

著　者　ひよりん
発行者　瓜谷 綱延
発行所　株式会社文芸社
〒160-0022　東京都新宿区新宿1－10－1
電話　03-5369-3060（代表）
03-5369-2299（販売）

印刷所　株式会社フクイン

ISBN978-4-286-25106-6